黄昏

歌集

クレプスキュール

Au crépuscule

Hiroki Saigusa

三枝浩樹

現代短歌社

黄昏＊目次

歌集　黄昏《クレプスキュール》

三枝浩樹

装丁　間村俊一

I

青空——十二歳のきみに

長年、日曜学校で教えているK。幼かった彼は今十二歳、聡明な中学一年生になった。去年の暮、母親が深刻な病で入院していると小さな声で話してくれた。教会の庭で時々彼とキャッチボールをする。最近急に背が伸びてもう僕の背と並ぶまでになったKに。

①　坂道

その母の病をこころに置きながらぽつぽつ語るやや大人びて

人生は壊れものだと思うだろう　言葉が見つからない、きみの前

色の足りないパレットに混ぜてゆく絵の具
中庸の色ってあるはずなのだ

〈だから〉と〈だけど〉寄せては返り水の辺
のはだしのきみを波ひたしゆく

〈ここより他の場所〉はどこにもないままの
十二歳、僕のなかの坂道

十二歳はもうおとな　かたちなき夢のかけら
を食《は》みて愁《かな》しみしこと

二十歳《はたち》にして…こころ十二ですでに朽つ　朽ちたるところからゆくのだよ

②　小さな人

同い年の少年の駆けすぎし跡　『ぼくは１２歳』を読んでみないか

おさなさとけっぺきと一つなることを少年の
詩に知りし遠き日

ひとりただくずれさるのを待つだけ…と書け
り　加えも引きもかなわず

ふかふかの手袋をかざす空のなか　ちいさな
幸が点るひととき

選ばざりしもうひとつの途　ぶざまでも格好
わるくてもいいじゃないか

けっぺきな死とけっぺきな…　終点をみずから決めるなんてずるいよ

紙ひこうきがゆらり舞いたり　空があまりに青かったので、すじを遺して

ひとりただくずれさるのを待ちながら　ちいさな人は空へゆきたり

③　日曜日

日曜学校・こどもさんびか　天から見てるお方がいるのですよ、そうだよ

あなたのために（そう、きみのため）十字架
にかかりイエスさまは…死なれたのだよ

キャッチボールの四、五秒ほどのやりとりの
ボールが返る　ずしりと響く

神さまって生きる基《もとい》となるところ　石地に家
を建てる、あれだよ

キャッチボールのボールが届く手応えのなに
げなさ　なにげない日曜日

頌歌《オード》（Ⅰ）――高橋たか子に寄せて

訃報。二〇一三年七月十二日、心不全のため高橋たか子死去。
享年八十一歳。

まみえる期《ご》ついになかりし人の訃なりいくた
びもいくたびも我《あ》を過ぎし人

現《うつ》し世《よ》の縄目解かれて　森閑とこの世の時の
きみを過ぎにし

雨降りて雨降りやみて蒸し暑し利休ねずみの
午後四時の空

水きらめき木々はひかりをまといおりわれの
み重き扉をもてり

修復のかなわぬひと日　ムスティスラフ・ロ
ストロポーヴィチ水脈《みお》をなせども

夕凪は来ず　人と人、人と神　いまはこうし
ている他はなく

作家としてキリスト者として遺した多くの霊的著述。その知のま
ばたきを想う。

想起説のてのひらそっと開かれて〈未知〉を
つつめる〈既知〉という闇

〈未《いま》だ〉から〈既《すで》に〉に及ぶ闇のなか　はろばろとみどりの夜の露かおる

〈sagacity〉その知のことに触れながらきみはしばしばまばたきをする

sagacity ＝聡明、確かな判断力

アジア的日本的なナショナリズムが文化面、政治面に広がるのを
氏は深く懸念していた。

風土への親和熟れつつ稔りゆくアジア的日本
的なしずかさあわれ

苦悩《アンゴワッス》のひと日の果てのゆうまぐれ　エマオ
へむかう旅のごとしも

「ヨハネの子シモンよ、我を愛するか」と躓いたペテロに三度にわたって問いかけた、甦ったイエス。フィデオ（友愛）とアガペ（身を痛め犠牲を払って愛する愛）、そのふたつの愛を。

フィデオの人にアガペを求め問いしかど、三《み》度《たび》は問わずアガペを問わず

ゆっくりと使徒に合わせて立ち止まる　悲哀の人は立ち止まりたり

訃報ののちの日々、庭の白蝶草が揺れている。

はくちょうそう夏のひざしにゆれており　たか子・和巳の過ぎたるこの世

蠅ほどのちいさな蜂を遊ばせてはくちょうそうが微かにゆれる

ひとむらのはくちょうそうに降りいでて雨や
さし花やさし、この宵
非時《ときじく》の香《かく》のこのみの手に残る匂い　逝きたる
人をかなしむ

頌歌《オード》（Ⅱ）——高橋和巳に寄せて

悪、あるいは罪

庭隅のつゆくさ程のしずけさが人の中にはな
いということ

つゆくさの藍咲きいでていたりけり季節ひそかにわれを過ぎゆく

はつかにも霧のなかよりあらわれて〈われ〉となり〈肉〉となる闇があり

サタンとはわが内に棲む真闇《まやみ》にてたちまち統ぶる、われを隈なく

直ちに出づ、時は夜なりき…　明暗の分かる際をかく記したり

（イスカリオテのユダ）

為すことをなせと言もて行かしめし…　いか
に哀しきこころなりしか

高橋和巳。早稲田祭で間近で講演を聴いたことがある。後の懇親
会でそっとビールを注いだことも。

しけもくを取りて吸わんとしたる人　差し出
す学生に礼《いや》して受けぬ

立て板に水、おしゃべりな人あれど和巳は多く語らざりけり

今日はこれで酒でものみます　ささやかな謝礼受け取りぽつりと言いぬ

号泣ができるか短歌で　そう問いて寡黙の人
は海へゆきたり

陰陰滅滅いんいんめつめつ　降りいでて街上
昼の雨に濡れゆく

和巳は幻想の域に住む人、膨大で深遠な幻想の海のただ中に。それがたか子の語る高橋和巳像。

「もう傘は買わへんよ」と言うと大人しい哀しい波となるのであった

虚無僧になりたかったという人を二十五年ののちに語りぬ

堕落——あるいは内なる荒野　無量無辺の業《ごう》に
寂《しず》かに人はめざめて

とめどなくくずおれてゆく風のなか　『捨子
物語』が立ちあがる

助けてくれ、たすけてくれ、　たすけ…てと
きれぎれ風に声は聞こゆも

『邪宗門』読みてふたたび噴きいづる　深層
あれば其処がふるえて

ペルソナのひと生《よ》の歩み　身の襤《らん》褸《る》こころの
襤褸隠れようなし

無量無辺の思いの海に錘《すい》鉛《えん》をおろす　漂いた
だよいながら

虚無僧過ぎ、尼僧すぎたり　現《うつ》し世《よ》は欠損な
どなにもなき穏やかさ

老い

初体験と老いを語れる古き友しずかな笑みの
翳を含みて

やれやれとためいきひとつ　温顔の笑みをう
かべてわれを見つめて

親の介護にあけくれし日々―　いまはひとり
老いの息もてみずからに向く

老いの日々老いを語れるきみといて六十代は
まだまだ未熟

ボーヴォワールの描きし老いを思えどもすこ
やかに笑むこのよき友や

死への存在…　その折々の花にして青年の老い初老の老いも

よきものぞ七十代はと詠みし人　時間《とき》はとどまり時間過ぎ去らず

〈I was born〉授けられたるいのちかな一生《ひとよ》の
時間ひと生《よ》のひかり

砂時計の砂落つる間の…　みじかくて長きひ
と生《よ》のひとときを生く

こころ病み迷い深かりし日々ありぬカップに
移す茶葉のかおりを

こころの襤褸《らんる》繕うための閑ありてかたえのひ
とと二人過ごせる

藤沢にしばらく会いにゆかざれど藤沢の友い
かにか在《いま》す

山ガールなりし若き日はしらざれど老い初め
てなお歩のはやき友

連れ合いを喪い朋をうしないてひとりすがしく老いそむる友

去年《こぞ》の秋会いえたるきみ　被災地の苦の片鱗も見せず笑みたり

電話にて声のみ知りて親しめる雪の横手の友の明るさ

富士吉田は富士を間近に望む町　老いてすこやかに笑む友が居る

たまものの預かりもののいのちなり　会いて
別れて季節がめぐる

なまよみの甲斐

如何ナル故アリテカ三人マデ人主没命ノ地トハナリニケン
『甲斐國志』中巻

1　初鹿野

甲斐大和と名は変われども初鹿野《はじかの》は見せ消《みけ》ち
山のこの小《ち》さき駅

初めてのこころに飼いて鹿といる野の暮らし
神ともにありしや

なまよみの甲斐　たたなわるやまなみの四月
の谷をゆく水迅《はや》し

山深く春まだ浅きなまよみの甲斐大和ひえびえと父祖の地

三日《みっか》血川《ちがわ》瀬音は谷にこだまして曽祖父と祖父、父が見し空

有馬晴信没後四百年の集いこの山村に開かれしとぞ

武田家滅亡の地にして肥前の国主《くにぬし》が遠くながされ果てたるところ

信満と勝頼、有馬晴信と三人《みたり》の主《あるじ》果てたる
ところ

信満は第十三代、勝頼は第二十代の武田家当主

キリシタン大名有馬晴信の流《る》謫《たく》され斬《ざん》首《しゅ》され
眠れるところ

2　流謫

晴信の配所は定かならざれどひとすじ届く明察の光《かげ》

清水紘一氏論文「有馬晴信の晩年と終焉地」

肥前から駿府、駿府から甲斐の国東郡《ひがしごおり》の果《はた》
てに着けり

京・堺・長崎　三都に風駆けて宣教師居住区
の春のあかるさ

幽閉の身に添う山の春の日々　肥前は遠し島原とおし

「キリシタン宗門出不申候…」と甲《か》斐《い》が嶺《ね》めぐる国に触れたり

井上政重「吉利支丹出申国所之覚」

「天下政務之御相談」以後吹き荒れし嵐　キリシタン宗門を絶つ
家康と二代将軍秀忠による駿府での評議

3　有馬晴信　その生その死

三月二十四日配所に着きにけり往還近く富士を望みて

幽閉四十五日余の日々　天ざかる鄙《ひな》の狭間の
空は澄みたり

慶長十七年五月六日の未明方　所司代兵卒を
あまた率《ひ》き来ぬ

ゲッセマネの園の夜の人　きみもまたあかと
きつゆのなかにめざめぬ

切腹をせよと迫れど、この手もて殺《あや》めはかね
つたまものの身を

家臣カキザエモンノ手ニヨリ一刀ニテ斬首…
されしと末期を記す
イエズス会士マテウス・デ・コロウスの一六一二年度年報

もののふにしてキリシタン　いさぎよきその
死の際を今に伝えぬ

丸林、田野も木賊《とくさ》も初鹿野も葬《はぶ》りの雨のなか
に暮れたり

斬首ノ血ナガレシ朝ヲ記憶ス…と父祖の地、
土地の声は聞こゆも

キリシタン大名有馬晴信公　受洗名ドン・プロタジオ、そののちジョアン

きみなくばセミナリオなくセミナリオなかりせば蒙《もう》は啓《ひら》かれざりしを

東方の果ての果てなる長崎の浦上村に生《あ》れし
セミナリオ

なまよみは半黄泉《なまよみ》、甲斐は峡にして此処はひ
らさかよもつ平坂

よもつ平坂＝現世と黄泉との境にあるという坂

4　かくれキリシタン

山梨県東山梨郡大和村の天目山栖雲寺。そこに胸元に黄色い十字架が見えるイコンがある。「虚空蔵菩薩画像」である。

この村にはかくれキリシタンが棲んでいたという伝説がある。

晴信の従者の幾人かが主の終焉の地に住みついたのか。


天目の夏日灼けつつ雲に栖む寺しんしんとわが影を置く

かくされし十字《クルス》の徴《しるし》　目力《めぢから》のこのみほとけ
は何を語れる

怨念のしかして鎮めがたきもの図像《イコン》となりて
ここに眠れり

マニ像か菩薩画像か晴信か　みほとけ眠るこの山の寺

ほそぼそと農継ぎ山の炭焼きて幾代《いくよ》変わらずありし暮らしよ

かくれキリシタンその末裔の末裔か　山深き
空何も応えず

鳥の歌

1　訃報

「鳥の歌」仄かに立てりきみの訃を聞きたる
朝の心のなかに

よみがえり鳴りいづるチェロ　「鳥の歌」パブロ・カザルスわが内に哭く

永きねむり忽然と来ぬしずまりしきみを惜しみてわが悲しまず

きみの最後に向き合いしもの〈無〉ならんか
有《う》は無《む》、無は有、否、無の無なれ

2　辻堂「田代」

雨宮雅子さんと会うのはいつも辻堂駅前の雨宮さん行きつけの店「田代」だった。最後にお目にかかったのは七月三十一日。亡くなるおよそ三ヶ月前のことである。

辻堂の「田代」に行くこともうあらめあとひと度を行きてもみんか

ひとはだの酒をわが汲みスコッチの薫りをきみはたのしみて笑む

シーバスリーガル18年がきみの酒　ブルー
ラベルの雨宮雅子

甲州は曽祖父の地と懐かしむ「雨敬《あめけい》」の血の
ことにも触れて

雨敬は明治の鉄道王の一人、雨宮敬次郎の愛称。雨宮さんの曽祖父にあたる。

いずれ死ぬという現実を引き寄せて　水のおもての光《かげ》のしずけさ

自然霊そのひろき野にきみ出《い》でてはろばろと解くこころの襤褸《らんる》

さまざまな断念ありて悲喜ありて人に一生《ひとよ》という時間あり

神を解くきみと解かざるわれと居てこの生《よ》の須臾《しゅゆ》の間《ま》を笑みかわす

3　のちの日々

輪郭の淡きひと日のわれを措き眠りの波のなかに没《い》りゆく

わが内にいまだねむれるニヒリズム　樹蔭を
抜けて日の中に出《い》づ

若く死なんとして生きし日々―　繕いの叶い
し如くかなわぬごとし

一人一人の匂い、存在の匂いなりモーリアッ
クの影をきみはくぐりて

〈モーリアック論〉若きノートに加筆する
ことなくきみは逝きてしまいぬ

4　みどりの揺籃

軽やかな骨となりたるきみを容れさねさし相
模の海ながれいん　（散骨）

ライラックの花の白にも似たる骨海に還りぬ
手よりこぼれて

さねさし相模の海の沖に散るしろきみ骨とな
りたまいたり

海は死者の眠れるところ　わだつみの声わた
なかに満ちてしずけし

みどりの波の揺籃《ようらん》　遠くはろばろと潮ながれ
てあとをとどめず

神のみが知っておられる　きみの棄教、きみ
のじたばた、きみのねがいも

うごかぬまま庭のテーブルに止まりいし冬ア
キアカネ　日は昇りたり

むなしさってあかるさのこと　ひとひらの雪
が舞いくるこころの遠野

長崎・一六三三年

苛酷きわまる拷問、穴吊りの刑に屈し、人事不省の状態で暗黒の穴から引き上げられ、棄教したポルトガル人教父がいた。同じ時、穴吊りの刑に遭い、最期まで耐え忍んだ日本人司祭がいた。中浦ジュリアン。長崎の西彼杵《にしそのぎ》出身か。彼はかつて天正遣欧少年使節の副使として海を渡った。

1　四人の少年

囚われてもはや仕えはかぬる身となりけり
旦暮《たんぼ》は秋冷が寄る

幸いなるかな義のため迫害さるる者……　リス
ボン遠く友とおきかな

「クワトロ・ラガッティ！　スー、アル・ラヴォーロ」穴吊りの闇のなかより声甦《かえ》りたり
「四人の少年よ！　さあ、勉強だ」

喜望峰荒れたる岬《ケープ》　日すがら夜すがら来る日来る日も波打ち波吠ゆ

わだつみの波荒れ狂い荒れ続け見え来たらん
とする影もなし

追放され或いは転びあるいは死せり　残る一
人の中浦ジュリアン

マカオ・ゴア・リスボン・ローマ　天正のク
ワトロ・ラガッティ少年四人

クワトロ・ラガッティ＝四人の少年

ただひとり殉教せしと伝えらるる「後《あと》の者」
なる中浦ジュリアン

2　黒色の闇

踏まざれば絶たるるいのち…　断崖《きりぎし》へふたたび人ら連れ行かれたり

穴ふかく逆さになりて降ろされたり初めて知りし黒色《こくしょく》の闇

逆さとはあってはならぬ体位にていっこくはひと日《ひ》ひと生《よ》のごとし

3　教父フェレイラ

阿鼻叫喚、のちの絶えだえのうめき声　君なるらしもその声の主《ぬし》

フェレイラ師その息遣い荒くなりて身を引き
絞りひきしぼり哭《な》く

肉の恐怖はとめどもあらず溢れ出てあびきょ
うかんの　鳴呼、声止まず

踏みおろすその瞬《しゅん》の間《ま》や　よろよろと引かれ
て踏むや畏《かしこ》き御顔

4　黒色の闇、再び

ぽたぽたと汗ならず水ならず落つるものわが
頭《ず》の側部よりしたたれり

心熱すれども肉の身はよわきなり　さなり、
わが主よ　わが主よ、さなり

冥暗の底方《そこい》にあれば長きながき……　なんと
いうこの時のすぎゆき

主《しゅ》に従《つ》きてあゆみ来たりぬ　いっさいを御手《みて》にゆだねてすべて委ねて

リスボンもローマもただに懐かしも　主よ、主よ、みもとにわれ近づかん

主は語りまさね、主に従《つ》きあゆみたるわが
footprint《踏みあと》を地よ、記憶せよ

5　帰天

フェレイラの踏みしを知りてなお四日耐え忍
び耐えしのびて死せり

中浦ジュリアンきみを忘れず　三百八十二年
は遠く而《しか》して近し

Ⅱ

余寒の朝

特急通過を待つ間のありてひなびたるホーム
に仰ぐ山の近しさ

日野春の余寒の朝のあかるきに主《あるじ》のごとく甲斐駒聳《た》てり

摩利支天より山頂に延びあがるたおやかな線わが目もて攀《よ》づ

会う期《ご》なかりし人の描きたるパステルを思い
浮べて対《あ》う山の景

パステルのひかりのなかに甲斐駒とうす紅の
雲　空まだ暮れず

うす紅をほのかとどめてみずいろの空にしずまる鋭角の嶺

かなしみをひとかたに置きはればれと祈りの水となりてゆく空

写生旅行に降りたつ人のひとりいて甲斐駒は
今日春のあかるさ

絵葉書

奥羽本線旅の先からいちまいの葉書届けり初
夏のわが手に

みちのくの角館《かのくだて》から酒田へと向かう車窓を知
らねば恋えり

青春切符購《あがな》いて行くことあらば北への旅を
まずはめざさん

遥かなる委託のなかに歩み出よ肉の思いの昏
きを出でて

気散じにすぎざる思い煩いの右往左往の時の
すぎゆき

バターカップの黄の花初夏を咲きいでぬ雨後
のひかりに一点冴えて

八重洲富士屋ホテル

雨の朝の東京国際フォーラム　なめらかに新
幹線が西へ発ちたり

西へ行く新幹線を窓に見てスパニッシュオム
レツをフォークに運ぶ

西へ行くN700のなめらかさ　終着近き徐
走再《ま》た来ぬ

スパニッシュオムレツ・ソーセージ・プチトマト　ふわっぱりぱりぷりぷりを食む

隣り合わせの樋口智子はうら若く和食の箸を置きては語る

東京の街眺めつつ札幌の暮らしと人のあれこれを聞く

雨の朝はコーヒーの香がよく似合う　遠い時間がそっと来ている

ぶらんこ

公園からぶらんこがなくなるという。公共遊具の安全性が問題視され、使用禁止や一部撤去となった公園のぶらんこ。

水張り田の風さやさやとかがやいて水の色空の色が声あぐ

座る椅子のなきぶらんこがねむりおり公園に
また夏が来ている

座る椅子のなきままここに残されて元ぶらん
こがぶらんこ恋えり

こども寄りこぬ一区画とはなりはてて…　空
には木霊、ぎいぎいと鳴る

無機質な骨組のこりいずこにもかげをとどめ
ぬぶらんこの声

うすむらさき

時惜しみ本に向かえるみ姿にかたえ過ぎつつ
声かけがたき

よき笑みとまじめな顔と相和せりまた見《まみ》えた
き老い人のきみ

「死なうと思つてゐた」せいねんを中年の心
に飼いてまだ引きずって

駈込み訴え　満身創痍の憎しみと哀しみの波
ユダをひたせり

Everything is in the process of change…《すべてのものの静かに変わりゆかんとす》　ただよい
て行く一人ぞわれも

ひっそりとくずおれてゆくあかるさや少年の
日も、しかして今も

流されて流れてをゆく　いいだろうもうやめ
とけと声は聞こゆも

壊れたがらす拾いあつめていたりけりうすむらさきの春のあけぼの

さくらの落葉

さくらの葉炎《も》えきわまりて地に散れりあるが
ままなる色もて散れり

梢の葉土に落ちたる葉もよろし露のきらめく
朝朝の冷え

濃淡の寂びを湛うるさくらの葉地にかえらん
とするもの清《すが》し

濃淡のおのずからなる寂びの色春にもましてさくらかなしも

癒ゆるにはいまだ間のあるかたえびと笑みかわせども言葉少なし

一葉忌

一葉忌おだやかに晴れ寒からず『にごりえ』
もしばし照らされてゆく

こがらしの忘れものなる枝幾つ朝の散歩の道
をふさぎて

木の葉踏む朝の散策「ハンガリア舞曲集」四
番がふいに鳴りいづ

転がりて来たるは葉ならず秋のちょう這うように舞う枯色の蝶

一葉の晩年にもしもがあるならば晶子、登美子と三人《みたり》のゆうひ

さびしさとぬくもり　時代を駆け抜けし鋭《と》き
心にも河は流れて

源七とお力の死そっと手渡され、手渡されたる感触残る

みどりの国

家籠る日々というきみ　加賀の国金沢に降る
雪を思える

やわやわと雪かきをするひとびとの暮らしを
思いきみを思える

大粒の雪に変わりて間なく止むあかるさなら
んおもむろに降る

犀川のみどりの国のふるさとを恋うるこころに降る春の雨

（室生犀星）

遠江

袋井へ向かう車窓にかすかなる雪舞う遠江《とおとうみ》の
風の花

日々の暮らしの哀歓ありてささやかな言の葉のわざ疎かにせず

巧拙に傾きがちになる批評　うまくなくともよき歌はある

天竜の伏流水に醸したる「磐田の誇り」汲めば香にたつ

別れ際わが手を握りくれし友酔っ払っても無事に帰れよ

浜北という名しばしば耳にしぬ浜松はそこと
きみが指さす

雨水の庭

鎌倉の海の夕日を見にゆかんきみのメールを
読みて思える

連れ合いは欠けてはならぬ人のこと五風十雨
の日々がすぎゆく

有限ということわれらには見えず見えざる故
に生きんとすれど

冬薔薇の花のむくろを摘まんとす末枯れしも
のはかく軽やかに

しずけさは明るさ　雨《う》水《すい》の庭にいでてローズ
マリーの紫と居る

かたえなるきみと在る日々　今日さ庭は光の
春の明るさに澄む

遠来の客

荒れた庭も嫌いじゃないよときみが言う言われてみれば夏草の庭

花の名を問われしときに浮かばざりきチェリーセージが今朝の日に輝る

黒ビニールを敷き延べし畑《はた》に培うは里芋でしたよあれはやっぱり

遠来のきみを迎えて半時のみじかき時を惜しみ語りぬ

八《や》幡《はた》芋《いも》のこまやかな肌理舌触り秋には二人食したまえな

里芋と水田と隣りあう彼方やまなみの雪まだらとなりぬ

ひとたびのバッハ

冬ざれの野に鳴りいでて鳴りやみてキース・
ジャレット、チェンバロの波

祈りの火《ほ》、あとに駆け寄る世俗的華やぎの風
堂に満ちたり

水ひびくチェンバロ　銀の愁しみを幾重にも
いくえにも鎮めて鳴れり

ひびきあうひかりと草を風が追い「ゴルトベルク」のチェンバロが追う

ひとたびのバッハ　高原のしずもりをつきぬけて響《な》る祈りのバッハ

わすれもの

解《ほぐ》れたる花のむくろの軽やかさ季節のわすれ
ものを手に摘む

マーマレードのトーストを食む朝《あした》なり油彩の
青がひろがってゆく

灰白の雲を下にし中空のひかりとなりてゆく
夏の雲

マンデリン・フレンチの香を愉しみてひとと
き窓の夏雲と居る

昔の甲府

わが父を知りたまいたる君の祖父惣次郎さん
には会う期《ご》なかりし

生きてあらば百四歳にもなりまさん父に代わりて焼香をする

古き名の連雀という問屋街　むかしむかしの甲府が浮かぶ

フィッグのタルト

パティシエという呼び方がぴったりな初老の
笑みに迎えられたり

おすすめは季節限定と笑みたもうおすすめ通りタルトを選ぶ

フィッグってああ、いちじくだ　洋梨のタルトのようで甘さひかえめ

うすきれいにスライスされたいちじくを重ね　タルトは秋の日の色

さし向かうひとはモンブランにダージリンそれもありだとよしなしごとを

黄昏——立原道造に

記念館閉館の報　ゆく夏のひかりが見える今
朝の窓より

とおき廃墟のゆうひしずみて　会わざりしこいびとのようなきみといた日々

ろうそくに移さんとしてマッチする五秒がほどのみじかき焔

人ごみのなかに混じらぬ足音がまだ従《つ》いてくる　夭《わか》きわかき死者

好きな時間はcrépuscule《クレプスキュール》　そうだった昔はきみのかたわらにいた

クレプスキュール＝黄昏

二十四歳八か月のきみの生涯の時間を惜しみ、
しばし羨む

庄内柿

五つほど木守りの柿がぬれている今朝の寒さ
にひとをおもえり

仕舞いじたくをせよという声　友垣のいなく
なりたるこの世の朝に

みちのくの庄内柿をいただきぬしっとりとわ
がてのひらを占む

さっきまで微睡んでいた陽のあとの土と落ち
葉とさわれば温し

ぴーんと割れた音を見ていた　そのふるえ外
に届かず誰も気づかず

ひびだらけの心にそっとあゆみ寄る北ドイツ
的ピアノの暗さ

一束のゆめ

ふゆくさの上いちめんの枯葉なり午前十時の
日のやわらかさ

小池光のその後思いて昼近き木の間の空の色
を見ている

散りしばかりの銀杏の落ち葉あかるくて風に
自在に運ばれている

裸にて生《あ》れ裸にて復《かえ》りなん…　一《ひと》束《つか》のゆめこころに紡ぐ

ふゆくさ

ふゆくさの園に昼の日とどまりて乾《ひ》反《ぞ》り葉《ば》に
乾反り葉のあかるさ

家族という微視を笑えど拠るところひとつが
あれば　歩いてゆける

昔ばなしをしてその妻と帰りたるおさなとも
だち　午後のふゆくさ

死はいずれ人を分かてど今日の日の餐《さん》に与る
灯の下に寄る

花のうた

雪になる寒さの匂う夕つ方　空をのこして庭は暮れたり

連翹の花がもうすぐ咲くという　見てないなぁ黄のしだれる庭を

いつのまにか年寄りという分類になってるらしい　信号を待つ

連翹の花が咲くまでじっとしてしばらく居よう　鬼さん来るな

園に立つ二月のさくら　気づかない程に揃っているちいさな芽

国難

メルトダウンのみぎわの深夜　庫《くら》ふかく熱さ
めがたく死の灰は燃ゆ

アナログでデジタルを抑え込まんとす一進の
のち、匍匐後退

炉心棒融けはじめるというを聞く弥生の空は
うすぐもりたり

避けられぬ被曝を知りてなお留まり其処に働くひとりびとりよ

〈国難〉は昭和の言葉　しかして今国難ありて心寄らしむ

白きリラの花

悲のレント悲の東北の冷めやらず今年のリラの花咲きいでぬ

昨夜《よべ》の雨のしずく残りていたりけり白くこま
やかなリラの花にも

祈るほかもとよりいのるほかなくてこのあさ
祈るひとりとなりて

かの人はいまも苦を負いていますゆえ誰より
遠く而して近し

守るべきものがあるゆえ眠るなりわれはひと
りの人のかたえに

祈り

被災者のきみも一人なり立ち上がり苦しむ人
のために働く

壊滅的な被災にもわずかな差異ありて差異あるゆえにきみは手を伸ぶ

苦しみの縄目解けざる人のため耳傾けて聞く人きみは

ひとりにはあらず　ひとりのこころには孤寒
の風が地を擦りて吹く

余震止まざる日々夜々にして幾度もいくたび
も身に〈惨〉よみがえる

震災の爪痕深き東北の苦しむひとのためにに祈るも

遠い夏草

昭和四十六年（一九七一年）六月受洗。

受洗のため沈みし水はいまもなお湧きてながるる　夏の日の中

おとうとよ信篤かりし神の僕《しもべ》きみをおもえり
この夏の日に

木の間なる二つのながれまだ枯れず透きてな
がるる清らなるまま

夏草をあの日わがために刈りくれし隠れたる
手のきみを忘れず

雨

大型の熱帯低気圧がじわじわと近づいている
また滝の雨

ずぶぬれの街暗みゆきうっすらとデジャビュのように滲む赤見ゆ

走るのは止めとけという勢いのこの雨　ゆっくり信号わたる

ＩＨクッキングヒーターに豆を煮る　火なく
煮詰めることをしている

おさななじみ

原くんの亡くなったこと　常磐町往時のにぎわいの懐かしきかな

芙蓉軒のパンのにおいを嗅ぎながらよく通い
たりきみの家まで

「はーらーくん、あーそーぼ」「あそばない」きみの笑顔の応《いら》えが浮かぶ

あかるくてしっかり者のありささん葬《はぶ》りののちのさびしさをいう

「さびしいよ、さびしいよぉー」とその父の死に触れているみじかきメール

身延線常永駅

夏の雨ホームをななめに走りゆき本を濡らしぬ　電車まだ来ず

友の死のこともしばらくありしかど　川上未映子『世界クッキー』

常永までいまだいくつか駅ありて雨あがりたる鈍行の窓

ゆきあいの空暮れかかる明るさのうつくし刈
り入れ近き垂穂も

刈り入れの近き稲田の夕あかり夏ゆかしめん
ことのかなしさ

松本

奈良井川渡りてひらけくるみどり稲の稔りの
色を交えて

二百年《ふたももとせ》の槙のみどりをふりあおぐ仰ぐ高さの
果ての雨空

見えざる山そこと描きて雨空のほの明るきに
わが目は遊ぶ
（常念岳）

トランプの色あざやかなカードありきみのす
さびの跡のかなしさ

中年の空穂に添いて見えてくる大正という時
代の空気

トランプの独り占い……　つれづれの夜のすさびの深夜に及ぶ

あずさまでしばしの間あり中町のおきな堂へとすこし急いで

家族

君のため立ち寄りて買うキルフェボンの季節のタルト　真幸くあれよ

ふるさとより永く東京に住み経りて夢追う子かな　夢は追うべし

ひとりひとりみな異なりて一つ卓に寄る近しさを家族と呼べり

近しさは時にむきだしの憎しみとなることも
ある　過ぐるまで待て

人にある分《わ》か去《さ》れの時　ひとつ灯の下に今宵
の餐をいただく

もう数年会わざるままの長《おさ》の子を伴いてゆく
心の広場

稜線

五分ほど待つ間に街は暮れはじめ遠やまなみ
の稜線が立つ

木の間なる秋の澄みたる星ひとつ航《ゆ》くともみえぬ寂《しず》かさの主

全きものあらわれ出でよこんなにも人のくるしむ現《うつ》し世《よ》のため

三月の日々

レミオロメンの歌がながれて　ふりかえるま
なざしの朝冴えかえりたり

学校がひとときを見する息づかい　卒業の日の
机と椅子と

十代の出会いとわかれ　三年間たったそれだ
け（それだけなれど…）

水の季節

鉄線のむらさき深き花咲きて水の季節がもう
やってくる

鋤きかえす作業のつづく空の下土にも旬のありてかなしも

いかほども変わらぬ人の暮らしあり受け継ぐ手あり涙ぐましも

山映し雲をあそばす水張り田に水ゆれ今朝は
人の来ており

みちのくの地にも水引く季節来て早苗と空と
風が声あぐ

早苗田を風わたりゆく立ちあがれ立ちあがれ
水の瑞穂なす国

山廬

春暁の竹筒にある筆二本　龍太

初夏の日の庭に向く部屋　竹筒に十七本の筆
をとどめて

竹群をひときわ抜きて立つ木あり欅の老樹初
夏の日に輝《て》る

軒下に立てかけてある竹箒　生前死後という
時間あり

静かなる手の中の火や　敬いて心に置きて会わざりし人

主なき山《さん》盧《ろ》といえどゆかしさのこころに沁みてきみに従う

一点にあつまりてゆく鋭心《とごころ》の句ははろばろと自然にかえる

初夏の日のするどく照らす坂の道　後山《ごさん》にひびく瀬の音高し

茅ケ岳稜線ながく引くかなた初夏の日けぶり
直《ただ》には見えず

会津

本田一弘この街に住むゆかしさのこころにあれど会わずに帰る

ならぬことはならぬものです　土地の人土地
の言葉のこころに沁みる

東山の麓ながるる湯の川の第一橋を今日われ
は越ゆ

いずく行けど人なきことを知る生《よ》にて『白桜
集』の歌のかなしさ

損得の与りしらぬ交わりに今宵つどえる歌詠
みの友

歌詠みてこころ通わす果無《はかな》ごとかりそめならずはかなごとゆえ

ひとたびの春と夏

紅顔の美青年なりしきみを知る　あの若き日
のまま胸に居よ

すまんなあと岡山弁のやわらかさ電話はいつも歌のことばかり

かたえびと喪いしきみ　ひとたびの春と夏とを数えたるのみ

（吉本隆明の死）

チェリーセージの花の赤にも紫苑にも雨ふり
いでて人は過ぎたり

もうすこし行く行けるところまで　フルート
のひかりの中にピアノ鳴りいづ

「大江光の音楽」を贈りくれし子よきみはげ
んきでいるだろうか

雪

土地の声土地の力のねむりつつこの雪の朝な
にやら親し

あいさつもなくひょっこりと現れてやわやわ
と降る　雪はまれびと

埋もれゆく庭いちめんのおうとつのやわらぐ
までに白くなりたり

戸田の海

鯉を飼う川に麩《ふ》の餌《え》を投げている媼、おさな
ご　昼のしずけさ

街老いて人老いて隣る学校に学ぶこどものいくたりありや

水面には春の日ゆれてうちうみの戸田《へだ》は眠っている漁師町

よしなしごと心に残りいたりけりよしなしご
とは人には告げず

イリノイ州ノーマル再訪

夏の日のロウノックにてきみと会えりグレイ
ヘアーのわれらとなりて

かえるべきところにいずれ還らんと話は長く
そこに留まる

六日目のノーマルは雨　いちめんのみどりを
ぬらし路上をぬらす

広きグリーンをカートに過ぐる人見えてしばらく傘の雨といる午後

われらには初めての嫁　異国の地異国の時間すべてよろしも

寡黙にて心遣いのこまやかな長男の子と淡く
わかれぬ

千駄ヶ谷

珈琲より紅茶は少し奥が深いそこはかとなく
アロマが香る

千駄ヶ谷の古アパートに染みつきし紅茶の匂いなどもなつかし

ティーポットを火にかけて茶葉をボイルする妙な淹れ方だったな、あれは

憂愁と若さとふたつ相寄りて本だらけ六畳一
間の部屋は

頬杖つく若きサガンも壁に居て『されどわれ
らが日々――』『悲の器』

千駄ヶ谷一の五の八　埋み火はとろとろ眠り
消ゆることなし

たかゆきの留守にときおり泰樹来てやがて酒
宴のゆうぐれとなる

与謝野晶子展

ヘッドフォーンに晶子の声のながれくる秋の
ひと日の秘かごとめく

キーたかくやや早口に読む声のわれの知らざる抑揚もてり

御嶽の秋に親しみ詠めるきみの歌　人生の秋紛れもあらず

平明にて非凡　しずけき遺歌集の『白桜集』の歌を思える

平凡と非凡はまことに紙一重　肩の力がまだまだ抜けず

転居

家明け渡すきみの庭先　樫の木は聳えて冬の
空に枝《え》を張る

トラックの帰り来るのを待つ間あり裏口に出て家を眺めぬ

またここに帰っておいで　樫の木は冬のひかりの中にそよげり

すっくと立つ冬富士ありてありがたしよき居
手放すきみに添いつつ

今西幹一この地に住みて歌詠みて佐太郎研究
に勤しみしこと

風光のよき地ぞ此処はと言いし人亡くなりて
もう幾とせ経たる

退きてまたしりぞきて立て直すそういうとき
が誰にもあらん

壊すに時建てるに時あり　引き潮のなかにた
たずむきみを見ている

大雪

平成二十六年二月十四日未明に降り出した雪。十五日昼まで止まず。甲府盆地は一一四センチの記録的な大雪となった。

胸あたりまで雪平らかに積もりたりよろめきながら踏む二歩三歩

バランスをとるのがなんとも難しいななめ後ろにやおら崩れぬ

倒れざまはスローモーションのようだった
しばらく窪んだまま雪の中

やわらかな凹凸となり埋もれゆく側溝、道路、
フェンス、庭木々

暮らしの息とんとひそまる　見のかぎり雪、
雪、雪の一色となる

雪だるま転がしいしが身を寄せて眠るしばらく…　とわにねむれよ

行け帰ることなく（そうだ、行くのだよ）
雪埋村は今そこにあり

埋もれて息熄《や》むという幻想の須臾《しゅゆ》の間《ま》点り消えてゆきたり

外を見て空を仰ぎて二夜二日　甲府盆地が雪に埋《う》もるる

さくら茶

さくら茶の白湯のぬくもり塩漬けの花うすべ
にの色を広ぐる

香りにもほのかなさくら色あらん白湯に浮かべるはなびら二つ

熊本さんの訃報、理紗さん雅茂くんのそれぞれの春、酒をあたたむ

菜の花のおひたし男前豆腐　今宵ひとはだに
あたためて飲む

お助け傘

「お助け傘です自由にどうぞ」と添えられて
七本ほどもあり道の辺に

人老いて町また老いぬ小学校跡地の風をよろこぶポプラ

町さびれゆけど変わらぬ暮らしあり　たかが傘、されど傘はたまもの

風のともがら

夏の果て秋のはじめのひかり澄み紫苑はすでに苞を解きたり

遠き野の記憶めざむることありやメドーセイ
ジのむらさき深し

構えるということさらにあらざればコスモス
風のともがらとなる

秋まぎれなき昼の日のあかるさやさびしく澄
みて邯鄲の鳴く

根岸

根岸駅常備と書かれし石油タンク駅構内にながく停まれり

流離のおもいひととき湧きぬ根岸とはいずく
いかなる町にてあらん

車窓より眺むるによき高さなり土地のものな
るこの兜山

ときどきの思いに添いて見えてくる山のすが
たの今朝のちかしさ

兜山みるたび思い出づる友　後になるべきき
みなりしかど

根岸といえば根岸の里の思わるる子規居士おりし頃の根岸を

古き名の根岸の里と親しみて病養いしわが師の壽樹

根岸線の根岸とすぐに応えたる鉄道マニアの
この若き友

四月になれば

病篤ききみをこころに読む本の文字を追いつつ過ごしたる午後

八十八の師の君泣かす葉書かな現《うつ》し世《よ》に新たな哀しみが添う

番場蓮華寺にわれを連れ行くといいましぬ四月になればきみと行かまし

名のみ知る太田守松のことに触れ古き「沃野」を語りましけり

簡単には死にませんよと笑みたもうきみの言葉をわれは恃める

五箇山の寒きひと夜の歌がたり歌のつどいに
ありしきみはも

われらにはなくてはならぬ人にしてきみを恃
まん心寄り合う

五箇山の歌碑をたずねし旅の夜の囲炉裏・骨酒・結いの心も

赤ひげ先生

風邪でしょうという診断を疑って駆け込みし
土曜の午後の小児科

転げ回る腹部の痛み　遠ざかるひとときあれどまた波が寄る

目を閉じて子の下腹部を触りたもうゴッドハンドの医師のその御手

赤ひげ先生はここにも在し　土曜日の休診の
午後診ると言いたり

おさなごは繊細　さざなみのそのゆくえ聡く
見分くる触診の手や

絞扼性イレウスにてわが子うしないしオダジョー夫妻　ひとごとならず

子のいのち救いたまいし町医者の古明地先生え忘れず今も

看護師の祖母、小児科医、外科医の手　救われしこと忘るるな子よ

アルカディア市ヶ谷

沃野全国大会

遠来の友等集える会場にいるべききみの笑みを探せず

懐かしき顔も初対面の人もありて開会前の時
はやく過ぐ

あき子囲みてかね子とわれと相並び一期の笑
みをもて語らいぬ

外濠のさくら並木を走りゆく　六時の日射し
すでにするどし

本多顕彰、清岡卓行のもういない法政大学
構内ひそか

受講する機会のついにあらざりし清岡さんを
なおわれは恋う

学食に食うカツカレー　後輩のきみと入りた
ることもうれしも

深呼吸

よみがえる音楽の波　とうめいを深呼吸して
出口をさがす

綻びを秘めてふたたび歩きだす　繕うことも
今はかなわず

こまやかな心づかいをたまわりぬ寡黙な人は
天にゆきたり

風にしたため五月の風にしたためて…　近江

のひとへ歌一首寄す

十七回忌

兄弟五人細君交え十人がここに揃いぬ母をしのびて

思い出のひととなりたる父と母　相集う子のなかにいませよ

大和村天目、鰍沢町長知沢　深山《みやま》の果ての里のかなしさ

山の子の父と母の血、なまよみの甲斐身の内に点れるごとし

長兄も次男の兄もわが知らぬ祖父《おおちち》、父を語るこまごま

遠やまなみ白くかがやく春の空　母の孤独を
子は知らずけり

あとがき

「現代短歌」の創刊にあたって作品二十首の連載を、というありがたい提案をいただいて寄稿した八回の連作がI部である。静かなカタルシスをともなう連作を作る愉しみ。この快感は歌を作り始めた十代の終わり頃の憧れに重なる。かたちなき哀しみ、鬱屈とした感情を言葉で吐き出せたら、という少年の乱暴な欲求に応えてくれそうだった短歌。当時、最先端の歌人たちが主題制作の実験と成果を公にしていた。倭建命の悲劇がしんしんと伝わってくる宮柊二の「悲歌」、圧倒的なアクチュアリティに充ちた佐佐木幸綱の「東京の若者達」に衝撃を覚えた。それから長い長い歳月が過ぎ、まとまった作品を発表する機会を短歌総合雑誌から求められるようになったのである。

連作、あるいは主題制作は短歌で物語を構築する試みであろう。現実と交差する物語を織りなすことで現実を見つめなおし、自身をもう一度相対化してみる、そんな試みだと言える。

Ⅱ部はホームグラウンドの「沃野」に復帰し発表したものを収めた。短歌は即興の詩。見たもの聞いたもの接したもの等、ささやかな思いが歌のかたちとしらべによって一首の歌になる愉しさ。短歌は生涯詠みつづけるものでありたい。

制作年代はⅠ部が平成二五年〜二七年の「現代短歌」、Ⅱ部が平成二一年〜二七年の「沃野」（末尾「十七回忌」は「現代短歌」）である。Ⅰ部の歌もⅡ部の歌も、巧拙は別にして、作者には愛着のあるものである。

歌集名は『黄昏』とした。空になごりのようなあかるさを残しながら、ゆっくり暮れてゆく町や遠やまなみや木々のたたずまい。そんな灯ともし頃が昔から好きだった。たそがれという言葉にはさまざまな手垢がついているので、それを避けるために『黄昏《クレプスキュール》』とルビを振ることにした。

《郵便局で　日が暮れる
《果物屋の店で　灯がともる
風が時間を知らせて歩く　方々に

立原道造　詩集「日曜日」

わが青春のかたみのような、この詩人を記念する心も添えてのルビである。この歌集は現代短歌社の真野少氏のお世話になる。装丁は間村俊一氏が手がけて下さる。多くの人々に支えられて今日あることを改めて感謝したい。

二〇二〇年五月一〇日

三　枝　浩　樹

歌集　黄昏《クレプスキュール》　沃野叢書第三〇九篇

発行日　二〇二〇年七月三十日

著　者　三枝浩樹

発行人　真野　少

発　行　現代短歌社
〒一七一―〇〇三一
東京都豊島区目白二―八―二
電話　〇三―六九〇三―一四〇〇

発　売　三本木書院
〒六〇二―〇八六二
京都市上京区河原町通丸太町上る
出水町二八四

印　刷　創栄図書印刷

ISBN978-4-86534-333-5 C0092 ¥2600E

gift10叢書 第30篇

この本の売上の10%は
全国コミュニティ財団協会を通じ、
明日のよりよい社会のために
役立てられます

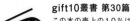

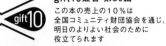